关于速写

　　速写是指在短时间里快速概括人物、风景等的绘画方式，是绘画艺术的基础学科。通过对速写的训练，可以学会观察对象、把握对象、塑造对象，最终完成对象。速写作为绘画基础训练，锻炼了对形体的敏锐认知，还提高了迅速捕捉对象、提炼概括形象的能力，从而达到准确完成。快速、概括、准确是速写的基本要求。

　　对于速写训练，首先是对构图的把握，然后是对形体的准确快速分析，包括对形象从几何体到骨骼肌肉仔细推敲。接着就是对动态形象特征的表现，要求生动，注意动态的夸张以及形象重心的把握，特别是头部，五官等特征准确刻画。最后是深入细节，利用有限的时间进行深入刻画是对整体画面的完整收尾。

　　另外速写也有三种表现方法，包括：线描法，线面结合法，明暗光影法。学生可以根据自身情况选择其一重点训练，从而达到最好的画面效果。

人体结构知识

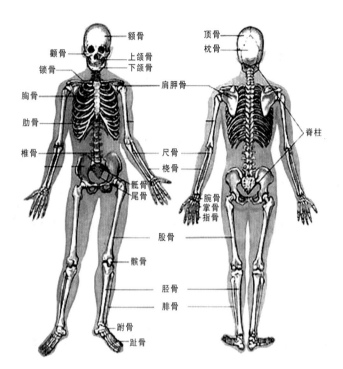

图1 人体骨骼图

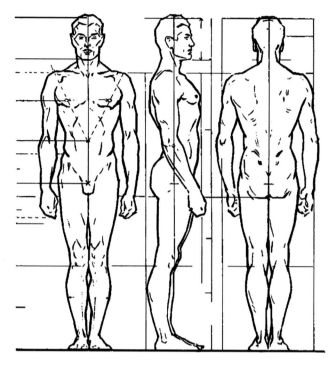

图2 人体比例图

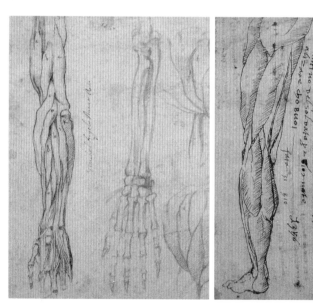

图3 左臂骨骼、肌肉以及左腿解剖肌肉习作 米开朗基罗

图4 颈、手臂、肩、胸的肌肉解剖习作 达·芬奇

局部特征教学重点

头部刻画

　　头部刻画是最能表现对象的精神特征。首先是对五官的把握，然后是发型，脸部轮廓的塑造。另外头部透视、结构也要准确刻画。

手部刻画

　　手部的刻画非常重要，需要把握其基本活动规律，理解手部的解剖结构。通过区别手指间的距离、长短以及各个骨节的结构，从不同姿态、角度、形状等来表现手部形体特征。

脚部刻画

　　脚部刻画是由脚趾、足弓、脚背和后脚跟等几个形体所组成，理解了其基本结构，只需注意其左右脚的结构变化以及鞋子的鞋带、鞋底等质感的表现与刻画。

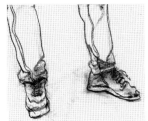  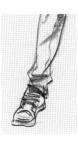   

1.把握整体动态，画出大轮廓。

2.确定四肢、头部形体。

3.局部刻画，一般从头部开始。

4.局部刻画，注意四肢，形态的刻画。

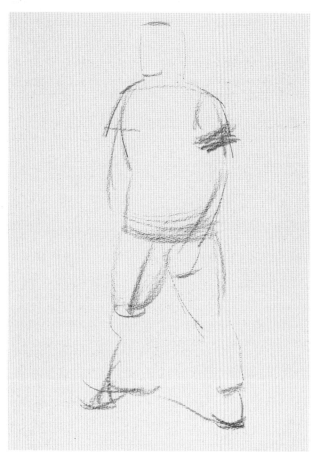

1.抓住动态，勾画出大轮廓。

2.把握重点局部，从头部开始刻画。

3.对四肢、整体动态进行细部完善。

4.对衣服、裤装等仔细刻画。

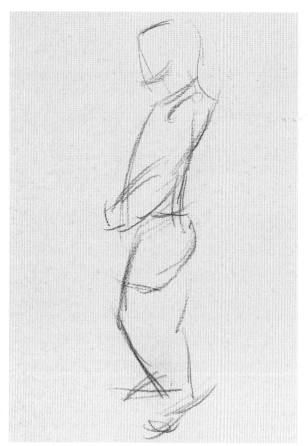

1.把握人物动态，勾画整体轮廓线。

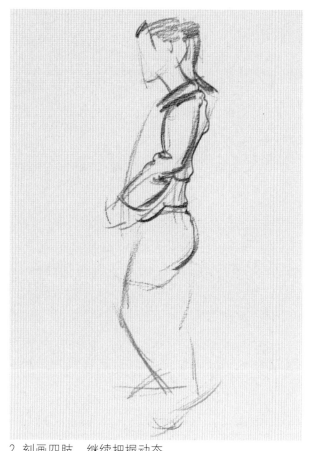

2.刻画四肢，继续把握动态。

3.沿着其动态结构，完善整体特征。

4.对服饰进行刻画，注意其结构。

1.对于组合速写，首先注意刻画整体动态，大小对比等。

2.择其一进行刻画，注意结构动态。

3.同时刻画另一对象，注意整体。

4.针对整体画面，局部刻画。

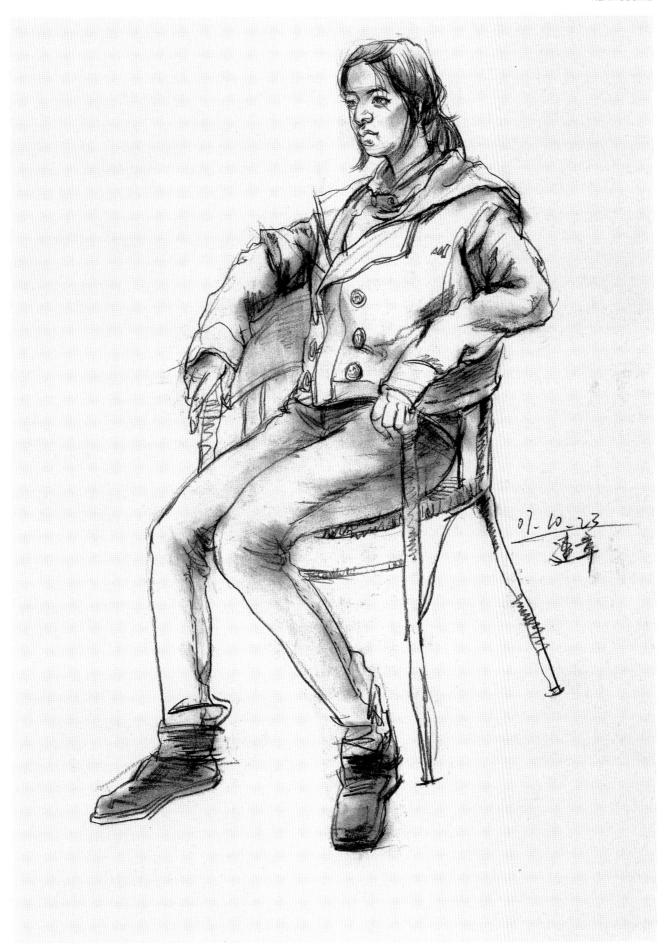

09.11.9